RÉPONSE

DE

M. N. LARBAUD

Ex-Interne des Hôpitaux civils, et Pharmacien de l'École supérieure de Pharmacie de Paris,
propriétaire des Sources minérales naturelles St-Yorre et Prunelle et fabricants de Produits de Vichy.

Rue Montaret, nᵒ 1, et Place Lucas, Pavillon Prunelle, à Vichy

A LA BROCHURE INTITULÉE :

NOTICE SUR LES EAUX DE VICHY

Publiée par le sieur LARBAUD ainé, (autrefois LARBAUD-LABRY) confiseur et propriétaire de la source minérale artésienne, abusivement appelée par lui, SOURCE LARBAUD, et fabricant de Produits de Vichy,

Boulevard des Célestins et Rue Montaret, nᵒ 2, à Vichy.

VICHY

TYPOGRAPHIE ET LITHOGRAPHIE C. BOUGAREL

Rue Lucas, ancienne Intendance

1875

TABLEAU COMPARATIF

DES ANALYSES FAITES A L'ECOLE NATIONALE DES MINES DE LA SOURCE DE

SAINT - YORRE ET DE LA SOURCE DES LONGUES - VIGNES (1)

ÉTALISSANT, SANS PARLER DE LA QUESTION D'ANTÉRIORITÉ, LA DIFFÉRENCE D'ORIGINE, DE TEMPÉRATURE, DE COMPOSITION ET, PAR SUITE, DES PROPRIÉTÉS MÉDICALES DE CES SOURCES.

(1) Avant le captage. (2) Après le captage exécuté en 1857. DÉNOMINATION DES SOURCES	1853 (1) Source naturelle Saint-Yorre autorisée le 9 juin 1855	1860 (2) Source naturelle Saint-Yorre autorisée le 9 juin 1852	1857 Source artésien° Longues Vignes forée en 1855 autorisée en 1800
Acide carbonique............	4,957	5,156	4,480
— sulfurique..............	0,153	0,158	0,048
— phosphorique...........	traces	traces	traces
— arsénique...............	0,001	0,001	0,002
— borique.................	traces	traces	traces
— chlorhydrique...........	0,324	0,347	0,324
Silice....................	0,052	0,035	0,040
Protoxyde de fer.............	0,005	0,005	0,020
— de manganèse........	traces	traces	traces
Chaux....................	0,200	0,267	0,200
Strontiane	0,003	0,003	traces
Magnésie..................	0,153	0,088	0,080
Potasse...................	0,121	0,175	0,076
Soude....................	2,400	2,421	2,384
Matière bitumineuse...........	traces	traces	traces
Totaux....	8,378	8,656	7,654
TEMPÉRATURE.	12° 3	10° 5	15° »

(1) C'est en effet sous le nom de Source des LONGUES-VIGNES, que figure sur le Registre d'essai de l'Ecole des Mines, l'analyse de la Source désignée à tort, sous le nom de SOURCE LARBAUD : et c'est, ABUSIVEMENT, qu'en tête de cette analyse on inscrit un autre nom que celui de SOURCE DES LONGUES-VIGNES.

Plus tard, en 1860, quand l'autorisation fut accordée, M. Larbaud-Labry jugea à propos de ne point indiquer le nom de sa source sur la capsule qui en scellait chaque bouteille afin de profiter, de suite, de la clientèle de toutes les autres sources du bassin de Vichy. Un arrêté préfectoral du 4 février 1862, maintenu par le Conseil d'Etat, vint lui enjoindre de désigner sa source SOUS LE NOM DE SOURCE LARBAUD ET MERCIER.

MÉMOIRE EXPLICATIF

Rendu nécessaire et obligatoire

CONCURRENCE DÉLOYALE

AU SUPRÊME DEGRÉ

Situation respective des parties ; — Nouvelle
édition revue et augmentée de la brochure-
prospectus condamnée par le Tribunal de
Commerce de Lyon ; — Procédés réciproques
de M. Larbaud, pharmacien et de M. Larbaud, confiseur ; — Substitution de Produits
et moyens employés pour assurer le succès
de la substitution.

En lisant la brochure que l'imprimerie Jourdain de Cusset
vient d'éditer pour le compte et sous la responsabilité de son
ancien et fidèle client, j'ai éprouvé un sentiment de tristesse et
de dégoût que partageront, sans nul doute, ceux qui me connaissent et m'ont vu à l'œuvre depuis plus de trente ans, et
qui connaissent et ont vu à l'œuvre depuis plus de temps encore
le sieur Larbaud aîné, tous ceux qui se rappellent en quelle
situation se trouvait cette maison fondée en 1840, sous le nom
de MAISON LARBAUD-LABRY CONFISEUR, quand, en l'année 1852,
cédant aux sollicitations de son propriétaire, j'abandonnai la
position que j'avais à Paris pour venir m'établir auprès de lui,
tous ceux, enfin, qui savent à qui et à quoi il faut attribuer son
relèvement.

Cette brochure n'est qu'une nouvelle édition revue et *augmentée*, dans le même format, de celle que distribuaient encore,
il y a quelques années, les fermiers du sieur Larbaud aîné, et

dont, sur ma plainte, le Tribunal de Commerce de Lyon, a ordonné la suppression, *pour cause de concurrence déloyale*, par jugements des 10 avril et 15 juin 1869, confirmés par arrêt de la Cour d'appel. Comme sa devancière, cette publication n'a pas d'autre but que de substituer, à la faveur de la similitude de mon nom avec celui de son propriétaire, habile- ment transformé, une source forée de 1856 à 1859 dont la réputation et la clientèle sont encore à faire, avec la source minérale naturelle dont je m'occupe depuis la fin de l'année 1852, que j'étais autorisé à livrer au public dès le 9 juin 1855, que je n'ai cessé d'exploiter très-légalement et très-régulière- ment depuis le 15 juin 1858 et dont la réputation et la clientèle ne sont plus à faire depuis déjà bien des années, puisqu'il s'en exporte, actuellement et annuellement, plus de 250,000 bou- teilles.

Pour réaliser plus sûrement son projet, le sieur Larbaud aîné n'a trouvé rien de mieux à faire que de donner à cette nouvelle édition le titre de NOTICE SUR LES EAUX DE VICHY qui figure en tête du prospectus que je publie depuis 1853, en moyenne, chaque année, à plus de 25,000 exemplaires. Au lieu de faire suivre son nom de sa qualité de *confiseur*, il a jugé plus à propos de la remplacer par le mot *aîné*, *Larbaud aîné*, au lieu de *Larbaud confiseur*; il a évité, avec le plus grand soin, toutes les fois que l'occasion s'en est présentée, d'imprimer le mot *St-Yorre*, dans la crainte d'éveiller l'atten- tion du lecteur. Il a tronqué même, tout exprès, plusieurs phrases du rapport officiel fait à l'Académie de médecine sur sa source. Enfin il a fait signer ses élucubrations personnelles sur lesquelles je reviendrai plus tard pour en montrer la perfidie et la fausseté, par mon neveu, qui a été élève en pharmacie chez moi pendant plusieurs années, et que tout le monde consi- dérait déjà comme mon futur successeur. Il a, ainsi, abusé de l'ignorance, de la faiblesse et de l'inexpérience de ce malheu- reux jeune homme dont il n'a pas craint de briser la position.

M. Larbaud aîné est du nombre de ceux qui pensent qu'il n'est pas absolument nécessaire de semer pour récolter, et qu'avec un peu d'habileté et beaucoup d'audace, on peut sup- pléer au travail de la culture, voir même à la dépense de l'en- semencement. Son unique préoccupation depuis mon établisse- ment dans ce pays, a été de mettre à profit mes connaissances scientifiques dans les rapports qu'elles pouvaient avoir avec sa profession de confiseur, d'utiliser, pour son compte person- nel, mes titres et les relations que je m'étais faites pendant mon séjour dans les hôpitaux et à l'Ecole de pharmacie de Paris, comme aussi de profiter largement de toute ma publicité passée, présente et future.

Une première difficulté apparut à M. Larbaud aîné pour la réalisation de ses projets : il avait jusqu'alors signé : *Larbaud- Labry confiseur*; ses enseignes, ses factures, ses étiquettes et autres pièces portaient les mêmes noms. La confusion, dans ces conditions, n'était guère facile. Aussi s'empressa-t-il d'apporter à cela, une première modification ; quoiqu'il en dût coûter à ses sentiments intimes, l'intérêt l'emporta, et de Larbaud-Labry, il devint Larbaud tout court. Cependant il n'osa pas supprimer entièrement sa qualité de confiseur afin de ne pas appeler mon attention sur ses mauvais desseins. Il a fallu une circonstance majeure, la rentrée en possession de sa source, pour le déterminer à remplacer sur ses enseignes les mots LARBAUD CONFISEUR, qui y ont figuré jusqu'en 1874, par ceux de LARBAUD AÎNÉ.

Cependant, depuis mon arrivée dans ce pays, la situation de M. Larbaud aîné (puisque Larbaud aîné il y a) s'améliorait de jour en jour. Son sucre d'orge de Vichy, tout en conservant sa qualification prétentieuse et ridicule (*Fameux Sucre d'orge*) était devenu une spécialité quelque peu sérieuse, par suite, de la possibilité que je lui avais fait connaître d'y introduire de l'eau minérale de Vichy, sans que sa transparence en soit troublée. Le procès que l'esprit de jalousie lui suscita et qui pouvait avoir pour sa maison les conséquences les plus désastreuses, vint, grâce à moi, échouer devant une double vérification des sucres d'orge préparés suivant mes indications et sous mes yeux.

M. Larbaud aîné me manifesta alors le désir de joindre à son commerce de confiserie, la fabrication d'un chocolat à base de Sels extraits des eaux de Vichy, par les procédés que je venais de décrire dans une demande de brevet déposé par moi au ministère du Commerce, le 31 mars 1853. Je m'empressai de le satisfaire et lui rédigeai successivement ses divers brevets qu'il n'avait qu'à demander pour les obtenir, puisque le gouvernement qui décline, à cet égard, toute responsablité, n'en refuse à personne.

Ainsi tombent donc les prétentions, d'ailleurs si invraisemblables du sieur Larbaud aîné d'avoir inventé quoique ce soit (1) ; ainsi s'écroulerait, si même elle avait pu jamais se tenir debout, cette prétention qu'il ose afficher publiquement, d'avoir été mon protecteur, et d'être en quelque sorte, l'auteur d'une position que je ne dois qu'à deux choses que mon détracteur intéressé paraît avoir ignorées jusqu'à présent : *l'opiniâtreté dans le travail*, et *l'ordre dans la conduite*.

A mesure que les affaires du sieur Larbaud aîné devenaient meilleures, son ambition grandissait ; bientôt même, elle ne connut plus de limites ; c'est ainsi qu'après avoir vendu, dans son magasin, pendant plusieurs années, des Pastilles et des Sels de Vichy en boîtes ou flacons, provenant de ma fabrication, il jugea à propos de substituer à ces produits qui avaient déjà une certaine vogue, des Pastilles et des Sels de Vichy de sa maison ; et pour que la substitution passât inaperçue il imprima sur les pastilles le nom de Larbaud (*pas Larbaud-La-*

(1) Il sait à peine lire et écrire.

bry) ; et fit même figurer sur les étiquèttes qui recouvraient ses boîtes et flacons, avec le nom de Larbaud sans qualification, une vignette représentant la devanture de mon officine qui touchait à son magasin avec une enseigne, où, *très-habilement*, on avait inscrit *pharmacie de M. Larbaud* au lieu de *N. Larbaud*, afin de faire croire que cette pharmacie était la propriété, *en tant que pharmacie*, de M. Larbaud aîné. Cette vignette figure encore aujourd'hui sur l'étiquette des produits vendus par la maison Larbaud confiseur, avec ce changement que le mot *aîné* a remplacé ceux de pharmacie de M. Larbaud, à la suite du mot Larbaud qui recouvre l'enseigne de la confiserie voisine.

Pour des motifs que je n'ai pas à indiquer, ici, et dont le sieur Larbaud-Labry, contre mon gré, parceque ses intérêts se sont trouvés liés à d'autres qui me sont infiniment plus chers que les siens, a largement profité, je n'ai pas voulu faire cesser, comme j'en avais incontestablement le droit, cette véritable usurpation. J'ai même poussé le désintéressement jusqu'à maintenir mes anciens prix, sachant bien que je livrais, ainsi, *volontairement*, les trois quarts de ma clientèle à la maison Larbaud aîné qui lui offrait à 25 pour 100 meilleur marché, des produits qu'on pouvait croire préparés de la même manière.

<div align="center">~~~~</div>

Origine de l'exploitation thermale des eaux de St-Yorre et des eaux des Longues-Vignes : — Procédés employés par M. Larbaud aîné pour substituer sa source à celle de St-Yorre; — Question de priorité.

L'excessive tolérance et le rare désintéressement dont j'avais fait preuve envers la maison Larbaud aîné n'avait fait qu'encourager les mauvais instincts de son chef, et plus tard de ses fermiers, et les pousser plus résolument dans la voie des usurpations, et de la concurrence déloyale. Le sieur Larbaud aîné a pensé qu'il pourrait aussi facilement substituer l'eau de sa source des Longues-Vignes à celle de St-Yorre, qu'il lui avait été facile de substituer ses Pastilles et Sels de Vichy à mes Pastilles et à mes Sels de Vichy ; et les procédés auxquels il a recouru sont à peu près les mêmes : Il s'est emparé comme de sa propriété exclusive, du nom qui m'est commun avec lui, en le débarrassant du nom de *Labry* et de la qualité de *confiseur* qui lui appartenaient et qui auraient pu jusqu'à un certain point, empêcher la confusion qu'il voulait précisément faire naître pour l'exploiter à son gré, au mépris du droit le plus élémentaire et des principes les plus vulgaires de la loyauté et de l'honnèteté commerciales. Il a donc donné à ce puits artésien qu'il a foré de 1856 à 1859 et qu'il n'a été autorisé à exploiter qu'en 1860, le nom de *source Larbaud*, afin de profiter de suite de la réputation de la clientèle qu'avaient déjà acquise l'exploitation thermale de St-Yorre, dont je m'occupais depuis 1852 et de la possession de laquelle je m'étais assuré dès les 5 février et 2 septembre 1853 et que j'avais effectivement acquise par suite des arrêtés administratifs des 9 juin 1855 et de 15 juin et 29 septembre 1858, maintenus et confirmés par de très-nombreuses décisions judiciaires qui, toutes, ont acquis, l'autorité de la chose souverainement jugée.

Par l'acte notarié du 5 février 1853 auquel je devais être et j'ai été subrogé depuis, et par acte sousseings privés enregistré, déposé en l'étude de Me Cassard notaire à Vichy, le 2 septembre suivant, j'étais donc en possession des Eaux de St-Yorre; et trois jours après j'en puisais un échantillon recueilli, dans l'endroit qui m'avait paru le plus favorable; je l'adressais à M. le Ministre qui, lui-même, le transmettait à l'Académie de médecine, Cet échantillon fait l'objet du rapport de ce corps savant du 24 avril 1855, lequel rappelle que déjà *(en 1853)*, M. Bouquet, le savant chimiste que le Gouvernement avait délégué à Vichy pour analyser, toutes les eaux minérales de la localité, avait examiné, ces eaux avec beaucoup de soin, sur les lieux même, et consigné les résultats de son travail, dans un mémoire complet sur les eaux du bassin de Vichy.

Sur ce rapport, M. le Ministre du commerce prit, à la date du 9 juin 1855, un arrêté conçu dans des termes en rapport avec l'état des lieux. Il n'autorisa pas tel ou tel propriétaire à exploiter les sources de St-Yorre, mais les propriétaires ou leurs ayant cause parce que les sources n'étaient point captées, et qu'il était impossible de dire chez lequel des propriétaires du champ des Boulets, à St-Yorre, on en découvrirait le point d'origine ou griffon qu'on présumait se trouver au-dessous d'un banc de sable qui règne sur toute la plaine, à 6 ou 7 mètres de profondeur; et l'arrêté ajournait sagement l'exploitation jusqu'après le captage, en la subordonnant à la nomination d'un inspecteur. Or, ce captage fut effectué, en 1857, par mes soins, à grands frais (1), après m'être débarrassé de la société d'un agent d'affaires qui n'avait pas d'argent ou qui n'en recevait que pour entraver mon entreprise.

C'est alors que j'informai M. le préfet de la fin de mes travaux qui avaient eu pour résultats de découvrir à 25 ou 30 mètres des anciennes mares et à proximité du fossé où s'apercevaient les principaux suintements des eaux de St-Yorre dans la partie du champ des Boulets, acquise de M. Mallat, le griffon ou l'un des griffons qui alimentaient ces mares, inutilement et dispendieusement fouillées (1). Je priai ce haut fonctionnaire, la condition de la mise en exploitation, étant remplie, de pour-

(1) Voir les rapports de MM. les ingénieurs Tournaire et Radoult de Lafosse, homologués par arrêt de la Cour de Riom.

voir ma source du médecin-inspecteur que je proposais à son choix.

M. le préfet ordonna, aussitôt, une enquête qui eut lieu à St-Yorre même, à mon insu et en mon absence, le 11 mars 1858 ; il demanda les avis des ingénieurs des mines et de l'inspecteur des eaux de Vichy, et *le 15 juin* de la même année, faisant de l'arrêté demandé *le 5 septembre 1853* et obtenu par moi le 9 juin 1855, la seule application possible, il nomma « vu ledit arrêté, le médecin-inspecteur de la *Source minérale naturelle de St-Yorre, appartenant à M. N. Larbaud*, pharmacien à Vichy. » Et statuant, après nouvelle enquête et avis du Ministre, il approuvait le 29 septembre suivant, le règlement de mon exploitation qui lui était soumis depuis le 20 avril précédent.

En prévision de ces actes, agissant comme propriétaire des eaux minérales naturelles de St-Yorre, pour éviter toute contrefaçon des objets déposés, et en exécution de l'article 18 de la loi du 18 germinal an XI, j'ai déposé au greffe du tribunal de commerce de Cusset, en outre du rapport de l'Académie de médecine sur les eaux, suivi de considérations générales sur les sources naturelles du bassin de Vichy, le tableau comparatif de leur richesse minérale et de leur température, et d'une *Notice sur les Eaux et Produits de Vichy, deux capsules en étain pour bouchage des bouteilles et demi-bouteilles portant ces mots:* SAINT-YORRE, BASSIN DE VICHY, N. LARBAUD ET Cⁱᵉ.

Jamais exploitation thermale n'a donc été commencée plus régulièrement, plus légalement, et la clientèle préparée par mes publications incessantes, depuis déjà cinq ans, ne demandait qu'à se révéler.

En effet, à peine l'eau de ma source était-elle mise à la disposition du public qu'elle trouvait des acheteurs de plus en plus nombreux à tel point qu'au bout de dix-huit mois, j'en avais déjà vendu beaucoup plus de 30,000 litres. Aussi mes concurrents de Vichy s'en émurent-ils, et me suscitèrent, sous le couvert de l'administration complaisante de M. Rouher à qui ils devaient la concession de l'Établissement de Vichy et avec l'appui de ses nombreuses créatures, les difficultés les plus étranges. On avait pris pour prétexte de cette guerre déloyale, le forage, que pour donner à mon établissement plus d'importance, j'avais pratiqué dans le voisinage de ma source minérale naturelle, *dans le courant de l'été 1859.* (1)

M. le préfet n'avait pas même attendu que ce puits fut achevé

_____

(1) C'est pour faire ce sondage de 33 mètres de profondeur que M. Larbaud aîné ME PRÊTA UN MORCEAU DE SONDE QUE J'AURAIS PU ME PROCURER POUR UNE CENTAINE DE FRANCS; c'est le seul service qu'il m'ait rendu, avec celui de me conseiller d'approfondir jusqu'à 17 mètres ma deuxième source naturelle qui était captée à 6 mètres, et que j'ai perdue par cette imprudente manœuvre.

pour en interdire l'exploitation (2) ; et puis, sans prétexte que je puisais à ce puits au lieu de puiser à ma source naturelle (3), sans même l'avoir fait constater, on saisissait mes caisses, et l'on me traduisait devant M. le Juge de paix de Cusset, qui plein de confiance dans la parole de M. le préfet, me condamnait bel et bien à l'amende et à l'emprisonnement pour exploitation d'une source non autorisée. Par son arrêt du 2 février 1862, la Cour de cassation cassait ces jugements, et me renvoyait successivement devant le tribunal de Moulins et de Gannat qui les annulaient, ordonnaient la restitution des caisses saisies, et me renvoyaient des poursuites sans dépens.

Entre-temps plusieurs autres décisions sont venues corroborer celles que je viens de rappeler : 1º Un jugement du 10 mars 1862, du tribunal d'Escurolles, maintenu par la Cour de cassation par arrêt du 8 mai suivant, et reconnaissant la parfaite légalité de l'exploitation de ma source naturelle, et ordonnant, par suite, la restitution des caisses saisies par l'ordre de M. Rouher, fondateur et protecteur de la Compagnie de Vichy ; 2º Un arrêt de la Cour de Riom du 2 avril 1862, annulant une condamnation à un mois d'emprisonnement dont m'avait gratifié les créatures du puissant ministre, au tribunal de Cusset, pour fait de *publication de fausse nouvelle*, avec *mauvaise foi*, en annonçant, *depuis le 15 juin 1858, que ma source minérale naturelle était autorisée du Gouvernement ;* 3º Un deuxième jugement du tribunal d'Escurolles du 22 juillet 1862, expliquant si bien pourquoi et comment ma source minérale naturelle était autorisée, par suite des arrêtés des 9 juin 1855, 15 juin et 29 septembre 1858, que M. Rouher et ceux qui lui servaient d'instruments, dûrent se le tenir pour dit.

C'est sur le vu de ces décisions multiples et sur le rapport des quelques hommes honnêtes et sincèrement dévoués qui l'entouraient en ce moment, que le Souverain, qu'on avait eu l'impudence de rendre témoin de cette orgie administrative et judiciaire, jugea à propos d'intervenir, avec éclat, pour y mettre fin sur-le-champ.

Il y a loin, comme on le voit, de l'histoire de la création légale de la station thermale de St-Yorre telle qu'elle résulte des actes authentiques ci-dessus rappelés, sommairement, au conte absurde et ridicule imaginé par le sieur Larbaud-Labry pour essayer de se donner une importance tout-à-fait incompatible avec son propre mérite ; et en rééditant cette thèse plus absurde et plus ridicule encore qui, pour arriver à la suppression de mon exploitation, consistait à dire que l'autorisation que j'avais demandée en 1853 et obtenue en 1855, s'appliquait non à

---

(2) Voir l'arrêté du 10 septembre 1870 qui reconnait en même temps l'existence de mes deux sources naturelles.

(3) Ce que maire et conseillers municipaux s'empressèrent de démentir énergiquement.

la source minérale naturelle, par moi captée, dans le terrain Mallat, mais bien à un point du marais où j'avais puisé l'échantillon et où j'avais cherché en vain à la capter, puisqu'elle n'y était pas ; le sieur Larbaud-Labry a fait semblant d'oublier que les arrêtés administratifs des 15 juin et 29 septembre 1858, et les nombreux jugements et arrêts ci-dessus énumérés avaient décidé cette question souverainement ; et les auteurs de la thèse qu'il a essayé de reproduire, en ont été pour les frais considérables qu'ils ont dû faire pour la soutenir. Le sieur Larbaud-Labry avait oublié aussi, qu'indépendamment des deux sources dont il parle, l'une de 33 et l'autre de 17 mètres de profondeur, j'en possède une autre, ma source naturelle, celle précisément qui fait l'objet des décisions administratives et judiciaires que j'ai rappelées et qui a été captée par moi en 1857, à 7 mètres de profondeur, et que j'exploite *depuis le 15 juin 1858*.

Il reste donc établi que la source minérale de St-Yorre existait de temps immémorial, ainsi que le constate divers ouvrages, notamment celui publié sous les auspices de l'Administration en 1854, par M. Bouquet, que cette source était en ma possession dès les 5 février et 2 septembre 1853 ; que j'étais autorisé à l'exploiter dès le 9 juin 1855 et que je l'ai effectivement, régulièrement et sans interruption, exploitée depuis le 15 juin 1858 ; que toutes les chicanes qui m'ont été suscitées sous des prétexte divers, sont venues échouer, misérablement, devant la justice, à la honte de leur auteur et de ses complices ; et qu'il importe peu que pour essayer de pallier sa défaite, M. Rouher, en statuant sur l'autorisation d'exploiter mon puits foré en 1859, ait pourvu ma source naturelle d'une nouvelle autorisation dont je n'avais nul besoin et que je n'ai, conséquemment, jamais demandée.

Il demeure non moins clairement prouvé que M. Larbaud aîné n'a créé que longtemps après moi, une exploitation thermale ; qu'il n'a pu opérer son forage, dans le terrain, acheté par lui le 29 septembre 1653, *conditionnellement*, de M. Bardiaux, sur les limites de la commune d'Abrest, à près de deux kilomètres de Vichy, *qu'en 1856*, par suite de l'arrêté préfectoral du 2 octobre 1853 qui le lui interdissait, et qui n'a été annulé que le 13 décembre 1855 ; qu'il n'a pu puiser un échantillon pour l'analyse de l'Ecole des Mines *qu'en mai 1857*, et pour l'Académie de médecine que deux ans plus tard, par suite de la nécessité où il s'est trouvé de retuber son puits dont l'eau était laiteuse ; et qu'enfin l'autorisation d'exploiter ce puits ne lui a été accordée que le 22 janvier 1860. A tous les points de vue, donc, le sieur Larbaud aîné, en mettant son puits en exploitation sous le nom de source *Larbaud*, a commis une usurpation que rien ne saurait justifier ; et cette usurpation emprunte aux circonstances où elle s'est produite, et aux moyens employés pour en assurer le succès, un caractère manifestement frauduleux.

Comment M. Larbaud aîné a-t-il pu se faire de suite, avec sa source, un revenu de 10,000 francs par an, et pourquoi cette bonne fortune lui a-t-elle échappé ?

Aussitôt sa source achevée, analysée et autorisée M. Larbaud aîné ne s'est pas occupé de l'annoncer, de faire savoir ce qu'il y avait d'avantageux dans sa composition pour le traitement de telle ou telle maladie, de la soumettre à l'expérimentation médicale, d'obtenir son classement dans les nombreuses publications scientifiques auxquelles les eaux de Vichy donnent lieu chaque année ; tout cela demandait du temps, exigeait de grandes dépenses, une certaine instruction, et beaucoup de travail et d'assiduité. M. Larbaud aîné pensa qu'il était bien plus simple et moins coûteux de donner à sa source que personne ne connaissait, et n'avait expérimenté, le nom qui lui était commun avec un homme qui s'occupait d'hydrologie depuis longtemps, qui préparait à Vichy une exploitation thermale depuis 1852 et qui, finalement, avait pu faire à la source qui lui appartenait et qu'il exploitait depuis 1858, une assez grande réputation. Porteur de ce nom, pour tout bagage, M. Larbaud aîné se mit en route au printemps de 1860, et parcourut le Midi et l'Ouest de la France, allant offrir aux pharmaciens, mes confrères qui recevaient mes prospectus deux fois par an, depuis 6 ans, *l'eau de sa source* (source Larbaud). Il en vendit 30 à 40,000 bouteilles, et fier de ce résultat qu'en secret, il n'attribuait certainement pas à son mérite personnel et moins encore à celui de sa source, il se rendit à Paris pour l'offrir à la Société des propriétaires de Sources à laquelle il l'a concédée, effectivement, pour 20 ans au prix annuel de 5,000 francs pour les 5 premières années et 10,000 francs pour les années suivantes, M. Larbaud aîné avait ainsi réalisé son programme : *récolter sans se s'être donné la peine de semer.*

Comme le prouveront tout à l'heure le procès jugé par le Tribunal de Commerce de Lyon et le mémoire publié, à cette occasion, que je transcrirai tout exprès, les fermiers de M. Larbaud aîné ne s'étaient point fait illusion ; ils avaient bien compté, eux aussi, sur *l'influence du nom* et songeaient à en tirer bon parti, de même de toutes les publications relatives à la source St-Yorre qu'ils avaient, ainsi, résolu d'absorber. Malheureusement il avaient trop cru à la *suppression* dont j'étais alors menacé. Ils ne se figuraient pas que je triompherai de mes puissants adversaires, et que je pourrais, un jour, leur demander compte de leurs procédés. L'heure venue, il a fallu rendre ce compte, devant la justice, et la justice qui n'a vu dans ces procédés qu'une concurrence déloyale des plus éhontées, a ordonné des mesures destinées à la réprimer, et à neutraliser *désormais* ses effets. Ainsi le sous-fermier se sentant paralysé dans ses projets illicites, a-t-il bientôt cessé de payer son fermage et s'est laissé déposséder ; et le fermier principal, sommé ainsi que ses complices, par moi, d'avoir à exécuter les Jugement et Arrêt du Tribunal de Commerce et de la Cour d'appel de Lyon, s'est empressé de provoquer la résiliation que bon gré, mal gré, le sieur Larbaud aîné a acceptée.

Avant de faire connaître comment a opéré le sieur Larbaud aîné après être rentré en possession de son puits, il est indispensable pour compléter cet exposé, de reproduire, ici, le mémoire et les décisions judiciaires qui ont amené cette résilliation.

La concurrence déloyale que je reprochais aux sieur Cazaux et consorts, c'est le sieur Larbaud aîné qui en avait pris l'initiative en leur affermant, abusivement, sa source sous le nom de *Source Larbaud* ; il a approuvé tous leurs procédés de concurrence à mon égard, puisqu'il n'a jamais pris aucune mesure pour les faire cesser ; et, de plus, il en a profité pendant 12 à 13 ans. Il serait donc mal venu à décliner la part de responsabilité qui lui incombe, et ne saurait échapper aux conséquences des Jugements et Arrêt rendus contre ses représentants, et à toutes autres que sa situation personnelle à Vichy, et ses procédés nouveaux rendent absolument nécessaires.

N. L.

TRIBUNAL DE COMMERCE DE LYON

Audiences des 15 Avril et 10 Juin 1869

PRÉSIDENCE DE MONSIEUR OSMOMT

MÉMOIRE

PRÉSENTÉ

Par M. NICOLAS LARBAUD

Pharmacien à Vichy

ET

Propriétaire de la Source minérale naturelle de Saint-Yorre

SUR

LES PROCÉDÉS DE CONCURRENCE USITÉS A SON ÉGARD PAR LES SIEURS CAZAUX ET CONSORTS : — ABUS DE LA SIMILITUDE DE NOM ; — SUBSTITUTION DE PRODUITS ; — ALTÉRATION FRAUDULEUSE DU TEXTE DE AUTEURS QUI ONT ÉCRIT SUR LES EAUX DE VICHY ; — LACÉRATION ET SUBSTITUTION D'AFFICHES ; — PROTESTATION PUBLIQUE CONTRE UN DÉCRET RENDU EN CONSEIL D'ETAT ; — DÉNONCIATION CALOMNIEUSE.

MESSIEURS,

Pendant plus de dix ans je me suis trouvé dans l'étrange nécessité de soutenir tour à tour, devant les tribunaux administratifs ou judiciaires, que la concurrence était absolument nécessaire au développement de la richesse nationale et au bien-être des populations ; je priais tous les pouvoirs publics de repousser les prétentions au monopole de la vente des eaux et des produits de Vichy, que soulevaient, sous des prétextes divers, et sous les formes les plus variées, la Compagnie devenue fermière (1) de l'Etablissement domanial et ses affiliés ; je les suppliais, au nom de la liberté du commerce tant prônée de

(1) En vertu d'une convention passée entre M. Rouher, Ministre du Commerce et elle, et ratifiée par le Corps législatif, le 18 juin 1853.

nos jours, et au nom du respect qui est dû à la propriété, de me laisser exploiter paisiblement la station thermale que j'ai fondée dans le bassin de Vichy. Ma voix, si longtemps étouffée à Cusset et à Riom, a fini par être entendue en d'autres lieux; les menées de mes adversaires ont été déjouées, et mes droits, qui avaient été si *témérairement* et si *audacieusement* méconnus, ont enfin prévalu.

Après avoir ainsi lutté contre le monopole, j'aurais mauvaise grâce de me plaindre que les sieurs Larbaud-Labry et Mercier, confiseurs, soient venus forer, à proximité de Vichy, sur la route de Saint-Yorre, un puits artésien destiné à être exploité concurremment avec la source minérale naturelle que j'étais autorisée, depuis plusieurs années déjà, à livrer au commerce. Mais, si la concurrence a droit, Messieurs, à votre sollicitude, ce ne peut-être qu'à la condition qu'elle n'emploiera pas, pour réussir, des moyens que la morale réprouve et que la loi punit sévèrement. Or, c'est à des moyens de ce genre que les ayant-droits de Messieurs Larbaud-Labry et Mercier ont eu recours pour faire entrer les produits de leur maison dans la consommation générale; c'est à de pareils moyens qu'ils n'ont pas craint de faire appel, tout récemment encore, pour essayer de *déconsidérer* celui qu'ils avaient vainement cherché à *dépouiller*.

En 1860, une Compagnie s'était formée, à Paris, sous le nom de Société de propriétaires de sources minérales (I). Le sieur Cazaux aîné était le principal actionnaire et l'un des gérants de cette Société. C'était à l'époque où, par tous les nombreux moyens dont ils disposaient, les fermiers de l'Etablissement domanial de Vichy travaillaient à anéantir l'exploitation thermale de Saint-Yorre, à laquelle la supériorité de ses produits et le bon marché auquel je pouvais les vendre semblaient assurer l'avenir le plus brillant. Les sieurs Cazaux et Cie, pensant que la lutte inégale dans laquelle je me trouvais ainsi engagé, se terminerait par ma défaite, songèrent à en profiter. Ils affermèrent pour vingt ans, avec faculté d'acquérir, la source que les sieurs Larbaud-Labry et Mercier venaient de forer, et à laquelle le nom de *source Larbaud* avait été donné. (2) Tout aussitôt, et pendant que, par ordre de M. Rouher, ministre du commerce, et par le fait de ses agents, l'interdit pesait injustement et arbitrairement sur l'exploitation de ma source, ils lancèrent des voyageurs dans toutes les directions pour offrir aux pharmaciens, mes confrères, et à tous mes clients, l'eau de la *Source dite Larbaud*; ils provoquèrent les commandes par de nombreuses circulaires; ils publièrent à 100,000 exemplaires une brochure qu'ils adressèrent à tous les médecins de la France et de l'étranger, et dans laquelle leur plan de cam-

(1) Elle n'était composée que de fermiers de sources minérales inconnues.

(2) Afin de profiter, sans y avoir participé, de toute la publicité que j'avais déjà faite, depuis plusieurs années, et de celle que je pourrais faire ultérieurement.

pagne est très-nettement dessiné. Ce plan consistait tout simplement à substituer leur source à la mienne, à la faveur de la confusion du nom des propriétaires, et à tirer ainsi parti de toute la notoriété qui s'attachait à mon nom et aux produits de ma maison, déjà répandue par toute la France.

Pour atteindre ce but, mes adversaires ne se mirent pas en grands frais d'imagination : ils se bornèrent à copier, à peu près littéralement, mes prospectus, mes tableaux comparatifs de la richesse minérale des principales sources de Vichy, en remplaçant le nom de Source Saint-Yorre par celui de Source Larbaud, et en appliquant à cette dernière les arguments que j'avais fait valoir en faveur de la première, et ce, bien qu'il n'y ait point similitude d'origine ni de température : Ma source est une des quatre *sources naturelles* de la localité, et elle est *froide*, tandis que celle des sieurs Cazaux et Cie est le résultat d'un forage de plus de 100 mètres de profondeur, et sa température est *tiède*. Sa composition diffère, aussi, essentiellement.

Ainsi, à l'exemple de MM. Bouquet, Durand-Fardel, Dubois, Armand Rotureau et autres, je divisais les eaux du bassin de Vichy en deux grandes classes : les *sources chaudes*, dont je préconisais les résultats pour la *consommation sur place* et les *sources froides* que je signalais comme préférables *pour la consommation à domicile;* j'indiquais que la source Saint-Yorre étant, ce qui avait été reconnu et constaté par tout le monde, la plus froide de toutes les sources de la localité, c'est l'eau en provenant qui est *la plus gazeuse et la moins altérable par le transport;* j'annonçais que, n'ayant pas de redevance à payer à l'Etat, je vendais mon eau 40 centimes la bouteille tout emballée, au lieu de 60 centimes (prix adopté par la Compagnie fermière). Enfin, je publiais le tableau comparatif de la richesse minérale et de la température des sources minérales naturelles de Vichy usitées en boisson.

Les sieurs Cazaux et Cie donnèrent à leur brochure les titres et sous-titres suivants: « Vichy: Etude comparative des sources thermales et des sources froides; — supériorité de la source Larbaud, au point de vue de l'emploi de l'Eau de Vichy, loin de la source; — problème résolu de l'Eau de Vichy à bon marché ». Ils développent ensuite ce texte en ayant toujours soin d'attribuer à la source dite Larbaud, qui venait d'être autorisée, que personne ne connaissait, dont aucun auteur n'avait encore parlé, qu'aucun médecin n'avait encore expérimentée, tous les mérites qui revenaient à la source Saint-Yorre, expérimentée et exploitée avec succès depuis plusieurs années. Ils publient, à la page 9, un tableau comparatif, entièrement semblable à celui qui ornait mon prospectus, depuis l'origine, sauf la première colonne en tête de laquelle on lit *source Larbaud à la place de source Saint-Yorre.* Enfin pour donner à ces assertions l'autorité qui leur manquait, et établir pleinement la confusion entre deux sources parfaitement distinctes d'origine, de température, de composition et de propriétés médicales, les auteurs de la brochure en question, citent en terminant, un passage de l'ouvrage de M. Armand Rotureau, qu'ils tronquent *à dessein, en substituant* le nom de *Source Larbaud* à celui de *Source Saint-Yorre*. « M. le Docteur Rotureau (disent les sieurs Cazaux et Cⁱᵉ), dans son excellent livre sur les eaux minérales de l'Europe, vient ajouter l'autorité de son nom aux opinions émises par M. Durand-Fardel; voici comment il s'exprime :

« On le sait, les eaux de Vichy sont peut-être de toute
« l'Europe, celles que l'on exporte en plus grande quantité, et
« leurs propriétés, assurément moins marquées qu'aux sources,
« sont suffisantes pour expliquer jusqu'à un certain point, la
« faveur dont elles jouissent. Cependant, appliquant aux eaux
« consommées loin de la source, ce que j'ai dit des eaux trans-
« portées en général, je m'étonne que les eaux de l'Hôpital et
« de la Grande-Grille, hyperthermales ou hypothermales à
« leur point d'émergence, soient surtout employées par les
« médecins et par les malades éloignés. Les eaux thermales
« froides des Célestins, du puits Lardy, et *par conséquent de*
« *la source Larbaud*, doivent être préférées ; car ces sources
« contiennent tous les principes que l'on recherche, le plus
« souvent, et elles n'ont point à perdre leur thermalité originelle
« comme celles de la Grande-Grille et de l'Hôpital. »

Les mots : *par conséquent de la source Larbaud*, ont été *substitués* aux mots : *de la source de Saint-Yorre*. La fraude et l'intention frauduleuse ne sauraient être plus manifestes.

Tous mes concurrents s'étaient concertés et distribués les rôles: Ils avaient à leur solde, dans toutes les situations un certains nombre d'agents, plus ou moins habiles, dont les uns avaient pour mandat de nuire à mon crédit et à ma considération. Le mensonge et la calomnie étaient leurs armes favorites ; ils les maniaient avec d'autant plus d'outrecuidance, qu'ils se sentaient bien soutenus, et qu'ils se savaient *affranchis de toute responsabilité* (1). D'autres étaient chargés d'inventer des moyens de me faire perdre mon temps, et des prétextes pour m'extorquer de l'argent, tout en cherchant à déconsidérer mon entreprise (2). Le but final de toutes ces *manœuvres*

_____

(1) Ils avaient un journal LA SEMAINE DE CUSSET, avec un rédacteur, aux gages de 100 francs par mois, spécialement chargé de me dénigrer et de publier les jugements obtenus contre moi, du Tribunal de la localité, avant que ces jugements ne fussent définitifs ou même avant qu'ils n'aient été transcrits sur le registre d'audience.   N. L.

(2) Tel a toujours été l'objet de cette INDIGNE COMÉDIE que mes adversaires ont joué devant le tribunal de Cusset et la Cour de Riom depuis 1857, sous les noms des sieurs Gamet et Badoche, et pour le succès de laquelle tout semble avoir été permis : l'interprétation, SCIEMMENT ERRONÉE, des contrats les plus clairs ; la MUTILATION, au besoin, du texte de ces contrats ; l'OUBLI VOLONTAIRE OU l'APPLICATION FRAUDULEUSE des actes de l'administration : LA NÉGATION SYSTÉMATIQUE et EFFRONTÉE DES FAITS MATÉRIELS JURIDIQUEMENT ET ADMINISTRATIVEMENT ÉTABLIS; l'assimilation d'opérations ESSENTIELLEMENT et MANIFESTEMENT DIFFÉRENTES ; les subterfuges les plus puérils ; les contradictions les plus choquantes, et les inventions les plus incroyables, le tout pour servir les in-

odieuses qui soulevaient l'indignation de tous les honnêtes gens, était de se débarrasser d'un concurrent, dont on reconnaissait, ainsi, la supériorité, et avec lequel on ne sentait ni la force, ni le talent, ni le courage de rivaliser.

Quant aux sieurs Cazaux aîné et Cie, ils convoitaient déjà ma succession, sauf à la partager avec qui de droit.

Usant habilement d'une similitude de nom, et des moyens de faire naître la confusion que j'ai signalés plus haut, ils profitaient des entraves apportées, par *la ruse* et par *la violence*, à l'exploitation de ma source, pour lui substituer partout celle dont ils étaient fermiers. Leur publicité, leurs voyages et toutes leurs démarches n'avaient pas d'autre objet. Mais cette triste comédie n'eut pas le dénouement que ses auteurs et ses acteurs en attendaient, malgré l'habileté et le zèle qu'ils avaient déployés. Leurs efforts réunis et combinés avec un rare machiavélisme, vinrent se heurter et se briser misérablement devant la toute-puissance de la vérité et du droit. Ma liberté d'action me fut rendue par ordre du Souverain lui-même, qui fut témoin de ces saturnales, et, avec elle, la faculté de jouir de ma propriété, et d'exploiter tranquillement la meilleure source du bassin de Vichy.

Une question restait à vider : prévoyant que toutes leurs menées n'aboutiraient pas à la suppression de mon exploitation thermale, les fermiers de l'Etat avaient pris des mesures pour lui ôter, le cas échéant, toute son importance commerciale : Ils avaient pu obtenir de leur protecteur, M. Rouher, Ministre du Commerce et des Travaux publics, qu'il me serait interdit, sous peine de retrait de l'autorisation d'exploiter ma source, de désigner l'eau en provenant, sous le nom d'Eau de Vichy, source de Saint-Yorre, sous lequel elle figure au même titre que celle d'Hauterive et de Mesdames, dans tous les auteurs, voire même dans les *Annales de l'Académie de Médecine*. Mais cette prohibition qui n'avait d'autre but que de favoriser à mes dépens et aux dépens du public, le monopole d'une grande Compagnie industrielle, *comme la Cour impériale de Riom l'avait reconnu et même approuvé, par son arrêt du 20 août 1860*, ne pouvait échapper à la censure du Conseil d'Etat : elle fut annulée pour *cause d'excès de pouvoir par Décret du 29 août 1865* (1).

La Compagnie de Vichy se contenta de murmurer contre cette Décision que la puissance de ses protecteurs, et tous les moyens d'action dont ils disposaient n'avaient pu empêcher ou ajourner. Les sieurs Cazaux et Cie, qui passent pour être actuellement les agents de cette Compagnie (la manière dont ils exploitent la source dite Larbaud, suffirait à le faire croire), re-

térêts de mes concurrents de Vichy et pour complaire à leurs puissants protecteurs.   N. L.

. (1) Voir le Mémoire publié à cette occasion et le Décret du 29 août 1865 qui le termine.

çurent ou se donnèrent le mandat de protester contre le Décret
impérial du 29 août 1865. Ils apposèrent à la porte de leurs
magasins du quai des Célestins, et dans tous les carrefours de
Vichy une affiche commençant par ces mots : Eau de Vichy-
Larbaud (*ne pas confondre avec l'eau de Larbaud-Saint-
Yorre qui n'est pas de l'Eau de Vichy*).

Les sieurs Cazaux et Cⁱᵉ auraient pu en dire autant de l'eau
des sources d'Hauterive ou de Mesdames, ils s'en gardèrent
bien ; ce qui explique péremptoirement leurs relations avec la
Compagnie de Vichy, pour le compte de laquelle ils agissaient
depuis longtemps contre moi. Mais mes concurrents avaient
oublié qu'ils n'étaient parvenus à *faire accepter leur eau, que
personne ne connaissait, dont personne n'avait entendu
parler, qu'en la vendant sous le couvert de mon nom, qu'en
lui attribuant les propriétés de ma source et qu'en invoquant
frauduleusement, en faveur de la source dite Larbaud, les
témoignages rendus par les chimistes les plus distingués et
par les médecins les plus accrédités, en faveur de ma source
de Saint-Yorre.* Les sieurs Cazaux et consorts comprirent
bien, toutefois, que pour induire le public en erreur, il leur
fallait absolument empêcher qu'à côté de leur affiche on pût
lire la mienne ! Aussi avaient-ils soin de faire enlever, chaque
matin, mes affiches, ou d'en faire recouvrir l'emplacement par
les leurs. Voici en quels termes M. le commissaire spécial de
Vichy, que j'avais interpellé à cet égard, a bien voulu me
rendre compte de cette nouvelle équipée (1) :

*Monsieur Larbaud, propriétaire de la Source Saint-Yorre,
à Vichy.*

En réponse à votre lettre de ce jour, je puis vous assurer qu'à la suite de
votre plainte du 20 juin 1866, une enquête a été faite par mes soins, et qu'elle
a établi que, depuis une quinzaine de jours environ, chaque matin des affiches étaient apposées par les agents des sieurs Cazaux ainé et Cie sur celles
que vous veniez de faire apposer; qu'un procès-verbal a été rédigé, et que si
le Ministère public n'a pas poursuivi, c'est qu'il n'a pas vu là UNE AFFAIRE
D'ORDRE PUBLIC.

Agréez, Monsieur, etc

Le Commissaire spécial,
Signé : EYSSENDECK.

Vichy, 30 juillet 1868.

Le sieur Cazaux, encouragé par l'impunité et se sentant
appuyé par ceux qui profitaient comme lui de la guerre déloyale qui m'était faite, a couronné son œuvre par le fait,
longuement prémédité, qui l'amène aujourd'hui devant ce
Tribunal.

Au mois de juillet dernier, au moment où il me savait très-

---

(1) Et tout cela se faisait au vu et au su du sieur Larbaud-Labry qui n'y
trouvait rien à redire, qui n'a jamais réclamé ni protesté contre les agisse-
ments de ses fermiers! et qui allait les appuyer de sa présence et de ses
conseils, lors des débats de la cause devant la Cour d'appel de Lyon.!! N L.

occupé à Vichy, il dénonçait, à dessein, le plus humble de mes dépositaires, un honorable négociant de la Halle des Cordeliers, comme trompant le public sur la nature de la marchandise vendue, en exposant dans ses magasins et en vendant de l'eau de Vichy falsifiée. Cette eau de Vichy prétendue falsifiée n'était autre que celle provenant de cette source Saint-Yorre dont les fermiers de l'Etablissement de l'Etat redoutaient, à ce point, la concurrence, qu'ils avaient usé toute leur influence pour la supprimer, de cette source Saint-Yorre réputée la meilleure de la localité pour la consommation à domicile, et à laquelle les sieurs Cazaux et consorts *avaient cherché à substituer* la source dite source Larbaud par tous les honteux procédés que j'ai eu l'honneur de vous exposer.

Le 17 juillet, en effet, le sieur Guéniffet, naguère employé dans les bureaux de la Compagnie de Vichy et devenu depuis, par le fait du Directeur de cette Compagnie, l'agent, à Lyon, du sieur Cazaux dénonçait au Commissaire de police de son quartier, M. J. Cornillot comme vendant à Lyon de l'eau de Vichy falsifiée, et requérait la saisie de cette eau: M. le Commissaire, obtempérant à cette réquisition qu'il ignorait être le résultat d'une manœuvre audacieuse, se transportait dans les magasins de M. Cornillot, accompagné du nommé Guéniffet, et là, en présence d'un public nombreux, il opérait la saisie d'un certain nombre de bouteilles de l'eau soi-disant falsifiée. Informé, de suite, de ce qui venait de se passer, je priai mon correspondant de vouloir bien me faire connaître les auteurs ou complices de la dénonciation dont lui et moi étions victimes, afin que je puisse les traduire immédiatement devant les tribunaux compétents. M. Cornillot m'informa que l'auteur de la dénonciation n'était autre que le nommé Guéniffet; qu'appelé au Parquet en même temps que le susdit dénonciateur, *celui-ci ne s'était pas même présenté*, et que M. le Procureur impérial l'avait invité à se retirer, à ne plus s'occuper de cette affaire, et *à continuer de vendre de l'eau de Vichy-Saint-Yorre comme par le passé*.

Le coup était manqué, le sieur Guéniffet, ou plutôt ceux qui l'avaient payé pour agir, avaient espéré surprendre la religion des Magistrats de Lyon, comme ils avaient surpris si souvent celle des Magistrats de Cusset et de Riom. Ils avaient compté sans mon intervention; ils avaient spéculé sur l'inexpérience, et qui sait, sur la trahison, peut-être de mon honorable correspondant. Je sais, mes concurrents, que tous les moyens vous sont bons pour arriver à vos fins; vous ne reculez devant rien, vous me l'avez prouvé cent fois. Mais en mesurant les autres à votre aune, vous vous trompez quelquefois, et cette fois vous vous êtes trompés de la façon la plus grossière. Vous en subirez les conséquences, et puisse la leçon que vous allez recevoir de la Justice vous ramener dans une voie meilleure que celle dans laquelle vous vous traînez si misérablement, vous et vos comparses, depuis tantôt dix ans! Acceptez la concurrence et pratiquez-la loyalement ; le public, vous et moi, nous y gagnerons tous.

N. LARBAUD
Propriétaire-fondateur de l'exploitation thermale de Saint-Yorre.

Vichy, 30 novembre 1868.

JUGEMENTS ET ARRÊT RENDUS CONTRE

MM. **CAZAUX** Aîné *et* **GUÉNIFFET** *par le Tribunal de Commerce et la Cour d'appel de Lyon.*

En réponse à la demande formée par M. Larbaud, pharmacien, pour les motifs énoncés dans le Mémoire, le sieur Cazaux aîné fit signifier, le 26 décembre 1868, des conclusions par lesquelles il protestait ; et il concluait, pour la forme, à ce que le Tribunal se déclarât incompétent et au fond :

« Attendu, disait-il, dans l'acte ci-dessus, que bien avant que M. N. Larbaud *ne fut autorisé à vendre comme Eau de Vichy*, l'eau de la source de Saint-Yorre, le requérant était concessionnaire et fermier de la source connue sous le nom de source Larbaud ; que c'est là un fait notoire et irréfutable, que tous les raisonnements ne sauraient détruire, ni même contester.

« Attendu, dès lors, que toutes les opérations de publicité faites par le requérant, l'ont été en vertu du droit incontestable qui lui appartient. »

Or, la vérité est que le puits, dit Larbaud, n'a été autorisé qu'en 1860, et que M. Larbaud, pharmacien était autorisé à exploiter sa source de Saint-Yorre par un premier arrêté ministériel du *9 juin 1855*, ratifié et confirmé, après captage de ladite source (1), par arrêtés préfectoraux des *15 juin et 28 septembre 1858* : que de cette époque date la mise en exploitation de ladite source ; qu'un nouvel arrêté ministériel du 30 janvier 1863, autorisa à nouveau cette source en même temps que le puits artésien foré en l'année 1859, lequel servit de prétexte à de nombreuses difficultés qui vinrent échouer, misérablement, *devant l'évidence des faits*, à la honte des concurrents de M. Larbaud et des fonctionnaires qui n'avaient pas craint de mettre leurs pouvoirs au service des intérêts privés des fermiers de l'Etablissement domanial de Vichy.

JUGEMENT PAR DÉFAUT DU 15 AVRIL 1869.
DISPOSITIF :

« Le Tribunal jugeant en premier ressort, donne défaut, faute

_____

(1) Cette source minérale naturelle existait de temps immémorial, et une analyse officielle en avait été faite par M. Bouquet dès 1853 ; elle est publiée dans son ouvrage, pages 112 et 113, et à la page 6 d'un nouveau mémoire.

de plaider, contre Cazaux aîné et Guéniffet, et pour le profit, les condamne solidairement à payer à Larbaud, la somme de 5,000 fr. d'indemnité pour le fait de concurrence déloyale ;

Dit que dans la huitaine de la signification du présent jugement les défendeurs seront tenus de supprimer les imprimés, affiches ou brochures incriminés ; *que pour éviter,* DÉSORMAIS, *toute confusion entre la source qu'ils exploitent et celle du requérant, ils la désigneront sur la capsule qui scelle la bouteille, sur les enseignes, factures et autres pièces, sous le nom de Source Larbaud,* MAIS EN AJOUTANT EXPRESSÈMENT : *Cazaux aîné, fermier,* EN GROS CARACTÈRES ;

Ordonne la publication du présent dans deux journaux de Lyon et de Vichy au choix de Larbaud, et aux frais des défendeurs :

Réserve à Larbaud tous ses droits sur le surplus de la demande quant au chiffre de l'indemnité,

Condamne Cazaux et Guéniffet aux intérêts de droit et aux dépens, etc. »

JUGEMENT DÉFINITIF DU 10 JUIN 1869

Confirmé par un arrêt de la Cour de Lyon du 16 décembre 1869.

DISPOSITIF

Par ces motifs,

Le Tribunal, jugeant en premier ressort, se déclare compétent, retient la cause et au fond :

Attendu que Cazaux, en 1860, devenu au nom d'une société, fermier de la source des sieurs Larbaud aîné et Mercier *a cherché, par une grande publicité à jeter la confusion entre la source du demandeur et la sienne, abusant de la similitude du nom de ce dernier avec celui de l'un de ses cédants* ;

Que dans ses annonces et prospectus, calqués sur ceux de Nicolas Larbaud, il n'a pas craint de tronquer les citations des auteurs en attribuant à sa source des textes relatifs à celle de Saint-Yorre, principalement dans un passage du livre écrit sur la matière par le docteur Rotureau ; qu'à ces imputations il oppose seulement des protestations que *démentent les faits,* soutient qu'il n'a pas excédé son droit, reproche à son adversaire, sans les formuler, des manœuvres déloyales pour lesquelles il demande acte de ses réserves, afin de se pourvoir en réparation ;

Attendu qu'en 1865, devenu fermier unique, il a continué le même mode de publicité ; qu'en outre et depuis cette époque il a fait imprimer et placer de nombreuses affiches portant en tête *Eau de Vichy, source Larbaud ; ne pas confondre avec l'eau de Larbaud Saint-Yorre, qui n'est pas de l'eau de Vichy ;*

Qu'il a fait lacérer les affiches du requérant et poser les siennes à leur place, ainsi que le déclare le procès-verbal du commissaire spécial de police de Vichy en date de fin juillet 1868 et d'autres documents ;

Attendu que sur ce point, Cazaux soutient qu'il est notoire que l'exploitation de sa source est bien antérieure à celle de Saint-Yorre, que divers arrêtés interdisaient de donner à cette dernière le nom de Vichy; que dès lors l'antériorité, le nom de son cédant et les défenses faites à Nicolas Larbaud lui constituaient évidemment le droit d'agir ainsi qu'il l'a fait; quant à l'apposition de ses affiches, qu'il les plaçait indifféremment sur celles de Nicolas Larbaud et sur celles des autres industriels;

Attendu qu'il est *au contraire établi* que le demandeur, *dès le 9 juin 1855 était autorisé à exploiter, et exploitait ensuite la source des eaux Saint-Yorre, luttant contre des entraves relatives à l'appellation de son eau, mais obtenant leur annulation par le Conseil d'Etat, le 11 août 1865, sans que Cazaux modifiât ses procédés;*

Attendu que pour le fait reproché à Guéniffet, il n'y a pas lieu de s'arrêter à l'explication qui ferait de la saisie dont il s'agit le résultat d'une altercation;

Que la démarche du défendeur, se rendant chez Cornillot pour lui demander de l'eau Larbaud Saint-Yorre, plus une facture, dénote une intention hostile justifiée par le dénouement de l'incident;

Qu'il voulait, sans doute, donner de l'éclat à ses accusations contre le réquérant de vendre de la fausse eau de Vichy;

Que cet acte a été accompli dans *le même esprit de vexation et de manœuvres qui a été exposé ci-dessus, puis qu'il l'a été sans le moindre droit* et dans un but de pure invention;

ATTENDU QUE L'ENSEMBLE DE CES FAITS CONSTITUE AU PLUS HAUT DEGRÉ UNE CONCURRENCE SANS LOYAUTÉ;

Qu'il y a lieu d'y mettre fin, de neutraliser, par la publication du jugement, les effets de la publicité déloyale de Cazaux, d'accorder au demandeur des dommages-intérêts pour réparation du préjudice qui lui a été causé, enfin d'ordonner que Cazaux modifiera ses étiquettes de manière à faire cesser la confusion qu'il se plait à entretenir entre les noms des deux sources;

Attendu, quant aux dommages, que le tribunal possède les éléments pour les évaluer et pour en fixer le chiffre à la somme de cinq cents francs.

Le Tribunal, jugeant en premier ressort et joignant les instances, vu leur connexité, reçoit comme régulière en la forme l'opposition des défendeurs à notre jugement par défaut du 15 avril dernier, les en déboute comme mal fondés;

Dit, en conséquence, que le Jugement précité reste maintenu pour être exécuté suivant sa forme et teneur;

Dit, cependant, que le montant des dommages-intérêts sera réduit à la somme de 500 cents francs, que cette somme ainsi que les frais y compris ceux de l'incident seront mis en masse et divisés en trois quarts à la charge de Cazaux aîné et un quart à la charge de Guéniffet.

Ainsi fait et jugé, judiciairement prononcé à Lyon, Palais-du-

Commerce, par MM. Charles Osmond, Président, Officier de l'Ordre impérial de la Guadeloupe, Mottard et Villars, juges, assistés de M. Buchet, commis greffier, en l'audience publique du Tribunal de Commerce, séant à Lyon, le 10 juin 1869.

La minute est signée par le président, le commis-greffier. Ainsi signé Ch. Osmond et Buchet.

Mandons et ordonnons à tous huissiers, sur ce requis, de mettre le présent jugement à exécution,

A nos procureurs généraux,

A nos procureurs près les tribunaux de première instance d'y tenir la main,

A tous commandants et officiers de la force publique d'y prêter main-forte, lorsqu'il en seront légalement requis.

Conséquences des jugements ci-dessus transcrits : Résiliation du bail de la source affermée sous le nom de source Larbaud ; — Comment le sieur Larbaud aîné entend les obligations que lui sont imposées tant par la justice que par les principes les plus vulgaires de la loyauté commerciale ; — Nécessité de réprimer ses écarts.

A la suite de leur condamnation, les fermiers du sieur Larbaud aîné comprirent l'impossibilité de continuer le genre d'exploitation qu'ils avaient pratiqué jusques-là, à mon préjudice, et *sans profits appréciables* pour eux ; car les clients qu'ils m'enlevaient, à la faveur de la confusion du nom et sur la foi de publications inexactes, et de témoignages falsifiés, ils ne les conservaient pas ; ces clients ne trouvant pas dans l'eau qu'on leur vendait, les qualités que le vendeur leur attribuait faussement, n'en redemandaient plus, et renonçaient, du même coup, à la source St-Yorre et à la source qu'on y avait frauduleusement substituée. Il en résultait pour la source St-Yorre un véritable discrédit, sans que l'expédition des eaux de la source rivale ne prît jamais un grand développement ; elle n'avait guère d'autres clients que les fermiers de l'établissement domanial de Vichy, et, en moyenne, il ne s'en vendait pas 25,000 bouteilles par an ; ce qui n'empêchait pas le sous-fermier de payer 17,000 fr. de fermage au fermier principal, et, à celui-ci de verser 10,000 fr. chaque année aux sieurs Larbaud aîné et Mercier. Les jugements du tribunal de commerce de Lyon en supprimant les publications mensongères de mes adversaires, et en ordonnant les mesures nécessaires pour éviter DÉSORMAIS toute confusion entre ma source et la leur, vint interrompre cette débauche industrielle et commerciale. Le sous-fermier se laissa déposséder à défaut de paiement, et le fermier principal, sommé par moi, d'exécuter les décisions ci-dessus rappelées, s'empressa de demander la résiliation du bail qu'il n'eut pas grand' peine à obtenir.

Fidèle à son programme, M. Larbaud-Labry, rentré en possession de sa source, n'a pas songé à lui créer par les moyens ordinaires, la clientèle qui lui manquait, et que sa composition et ses propriétés spéciales, bien et sagement indiquées, auraient pu lui assurer dans un avenir plus ou moins rapproché. Il a persisté à croire que sa qualité d'aîné lui donnait le droit de passer, pour ainsi dire, à pieds joints, sur toutes les décisions administratives et judiciaires qui lui étaient contraires, pour s'emparer *par n'importe quels moyens*, de cette clientèle que je devais à toute une vie de labeurs, d'ordre et d'assiduité. J'avais semé, à lui de récolter ! J'avais, depuis longtemps, planté l'arbre ; j'avais travaillé, sans relâche, à son développement ; j'avais fini par écraser cette vermine immonde qui cherchait à en ronger les racines ; l'arbre arrivait en pleine production, à M. Larbaud-Labry à en récolter les fruits !

Pour la réalisation de ses projets M. Larbaud-Labry a pris pour base de ses opérations, *l'exploitation du nom qui nous est commun*, et auquel j'ai donné une assez grande notoriété par les publications nombreuses que j'ai faites depuis 25 ans, et le succès qu'elles ont obtenu auprès de mes concitoyens et de tous les honnêtes gens qui les ont lues, par la lutte énergique que j'ai soutenue victorieusement contre M. Rouher et ses créatures pour la défense et la conservation de ma propriété de St-Yorre, et, enfin par la position qui est venue récompenser et couronner mes efforts.

Jusqu'à la saison de 1874 le nom de Larbaud était suivi sur les enseignes des magasins de mon concurrent, du mot *confiseur;* ce qui établissait, encore, entre nos deux maisons qui sont voisines, une certaine distinction. M. Larbaud-Labry le comprit et il s'empressa d'enlever le mot de *confiseur* et le remplaça par le mot *aîné*, *Larbaud aîné*, au lieu de *Larbaud confiseur*, comme autrefois, et pour un motif analogue, il avait détaché de son nom le nom de *Labry* qui y était accolé, et donné à sa confiserie l'apparence d'une pharmacie.

Aujourd'hui le nom de Larbaud aîné figure en très-gros caractères sur les enseignes, et en tête de tous les imprimés du sieur Larbaud-Labry ; il recouvre tout un côté des caisses d'eau qu'il expédie et on peut le lire jusqu'à huit fois sur les étiquettes de ses bouteilles, ainsi que sur la capsule qui en scelle le bouchon (1).

M. Larbaud-Labry a senti qu'il fallait au moins essayer de justifier toutes ses usurpations sur le caractère coupable des-

(1) Ce nom de Larbaud est gravé sur la capsule qui recouvre le bouchon de mes bouteilles depuis 1858, et cette capsule a été déposée au greffe du Tribunal de Cusset, pour m'en assurer la propriété.

quelles il ne s'est jamais fait illusion. Aussi en rééditant la brochure publiée par ses anciens fermiers, il y a ajouté un chapitre rédigé avec tant de ruse, de perfidie et de mauvaise foi, qu'il n'a pas osé le signer lui-même ; il a imposé cette triste besogne à un malheureux jeune homme aussi ignorant des choses qu'on lui a fait écrire qu'inconscient de la portée qu'elles pouvaient avoir. Ce chapitre où le grotesque le dispute à l'odieux, est intitulé : *Les bienfaiteurs de Vichy* ; inutile de dire que le sieur Larbaud aîné se place carrément au nombre de ces bienfaiteurs. Il se vante, avec emphase, d'avoir contribué à la prospérité de Vichy, par ses immenses publications (quelques milliers, à peine, de prospectus distribués chaque saison dans les rues de Vichy) et ses découvertes scientifiques (il sait à peine lire et écrire, et n'a jamais su que se parer tant bien que mal des plumes du paon).

Enivré, sans doute, par le souvenir de ses grandes inventions, le sieur Larbaud-Labry croit se rappeler que c'est lui qui a découvert les sources de St-Yorre ; il se possède assez, cependant, pour ne point laisser imprimer ce nom de *St-Yorre* afin de ne pas éveiller l'attention du lecteur et nuire à son projet de substituer son eau à la mienne, en lui en attribuant faussement tous les mérites.

Mais la préoccupation principale du sieur Larbaud-Labry c'est de chercher à faire croire que sa source existait avant la mienne, et était exploitée antérieurement à la source minérale naturelle de St-Yorre. M. Larbaud-Labry fait semblant d'ignorer que ma source existait de temps immémorial, qu'elle venait suinter sur différents points de la plaine des Boulets appartenant à divers propriétaires, qu'elle a été analysée par moi, en 1852, par M. Bouquet une première fois, en 1853, avant l'exécution des travaux de captage, et une seconde fois, quelques années après, ainsi que l'attestent les publications faites par ce chimiste distingué que l'administration avait délégué à Vichy pour y analyser, sur place, toutes les sources minérales du bassin de Vichy ; M. Larbaud-Labry oublie aussi, très-volontairement que ma source autorisée en 18 5 a été captée en 1857, et mise très-régulièrement en exploitation le 15 juin 1858, tandis que son puits des Longues-Vignes n'a pu et n'a été foré que de 1856 à 1859 et que son exploitation n'a pu en être permise qu'en 1860. Qu'imaginera M. Larbaud-Labry pour lutter contre des faits matériels si bien établis ? Il ne reculera devant rien ! il inventera une histoire, à sa façon, de l'origine de la station thermale de St-Yorre en s'y attribuant un rôle qu'il était incapable, sous tous les rapports, de remplir ; il falsifiera les dates des actes authentiques des 5 février et 2 septembre 1853 qui renversent tout son système ; il fera semblant de confondre le captage de ma source naturelle autorisée, cinq ans avant son puits, avec le forage de 33 mètres de profondeur que j'ai pratiqué à la fin de l'été de 1859 ; il dénaturera les faits matériels les plus connus ; et alors qu'il ne cherche et n'a jamais cherché qu'à me dépouiller, il simulera à mon égard des sentiments de générosité qu'il n'a jamais éprouvés, et il oubliera que sans moi, il serait resté dans la situation où je l'ai trouvé en 1850; et, enfin, pour achever dignement son œuvre, le sieur Larbaud-Labry, toujours dans le but de prouver une antériorité impossible, s'oubliera jusqu'à rééditer tous les mensonges et toutes les calomnies que mes concurrents de Vichy avaient imaginés en 1861 et 1862 pour arriver à la suppression de mon exploitation thermale, mensonges et calomnies qui sont venus échouer misérablement à la honte de ses auteurs et de leurs complices après plusieurs arrêts de la Cour de cassation, devant les Tribunaux de Moulins, de Gannat et d'Escurolles!

Pour en être descendu là, il a bien fallu que le sieur Larbaud-Labry comprit que *la seule planche de salut* qui lui restât, c'était de faire croire que son exploitation était antérieure à la mienne. Or, le contraire étant péremptoirement démontré, le sieur Larbaud-Labry devra subir les conséquences de sa témérité; il apprendra, à ses dépens, que le meilleur moyen d'arriver à la fortune c'est de travailler et d'économiser; que l'intrigue et la ruse ne peuvent suppléer au travail et à l'ordre, dans toute société bien organisée, et que le premier devoir du citoyen c'est de respecter la propriété d'autrui. Il appellera sa source *Source des Longues-Vignes*, comme j'ai appelé la mienne source de St-Yorre; c'est, du reste, ce nom de source des Longues-Vignes qui figure en tête de la première analyse qui en ait été faite, à l'École nationale des Mines; c'est sous ce nom qu'elle a été remise au laboratoire de cette École en mai 1857; c'est donc là, en quelque sorte, *son acte de naissance;* et toutes les fois que le propriétaire-gérant de cette source inscrira son nom sur ses enseignes, factures, annonces, prospectus et autres pièces, il y joindra le nom de Labry qu'il en a frauduleusement détaché. Il y ajoutera sa qualité de confiseur, afin que *désormais* aucune confusion ne soit possible entre nos maisons de Vichy et les sources que nous y exploitons. Tel est le droit, et il ne se trouvera pas en France, un Tribunal pour refuser d'en faire l'application au sieur Larbaud-Labry et à tous ceux que l'appas *d'un gain illicite*, pourrait, encore, engager à servir d'instruments à cette concurrence éminemment déloyale.

Il ne me reste plus qu'à établir qu'au point de vue même de la santé publique, il est nécessaire que la source du sieur Larbaud-Labry ne soit point confondue avec la mienne; les rapports de l'Académie de Médecine, et l'arrêté de l'autorité administrative du 4 février 1862 suffiront à cette démonstration.

Différence entre la source St-Yorre et la source dite Larbaud ; — Source St-Yorre : source minérale naturelle captée à 7 mètres de profondeur, composition alcaline et très-gazeuse comme la Grande-Grille, l'Hôpital et les Célestins (les sources naturelles de Vichy), température froide, plus froide même que les Célestins ; — Source dite Larbaud : puits artésien foré à 106 mètres de profondeur, température tiède, composition alcaline très-ferrugineuse, arsénicale et peu gazeuse comme toutes les sources artésiennes ou artificielles, — Odeur de pétrole.

RAPPORT

Fait à l'Académie de médecine sur l'eau de la Source Saint-Yorre

M. O. Henry, au nom de la Commission des Eaux minérales, qui est composée de MM. Mêlier, Patissier, Poggiale, Civiale, et de lui, donne lecture du Rapport suivant :

« En 1854, sur la demande de M. LARBAUD, pharmacien à Vichy, l'Académie de Médecine était invitée à faire analyser ; dans son laboratoire, les échantillons expédiés en bonne forme de l'Eau minérale provenant de suintements apparaissant de temps immémorial à Saint-Yorre, dans la plaine dite des Boulets, afin d'obtenir l'autorisation d'exploiter cette eau *au point de vue médical* après l'avis qu'aurait émis à ce sujet ce corps savant. L'analyse ayant démontré que l'Eau de Saint-Yorre *avait la plus grande analogie avec les principales Eaux de Vichy, et qu'elle était minéralisée comme elles par l'acide carbonique libre* en grande quantité, par les *bicarbonates alcalins, terreux*, etc., l'autorisation d'exploiter comme eau minérale fut accordée à M. Larbaud(1). Mais comme cette eau n'avait pas été captée et venait suinter naturellement à la surface du sol, on demanda que le bénéfice de cette décision fût ajourné jusqu'à ce que les captages l'eussent bien garantie de toutes les infiltrations d'eaux étrangères, pour que l'eau minérale fût administrée aux malades dans sa pureté primitive.

(1) Par l'arrêté ministériel, conçu en termes généraux, du 9 juin 1855, dont l'application a été faite après l'achèvement des travaux de captage et sur l'avis des ingénieurs et de l'inspecteur des eaux de Vichy à la source minérale naturelle appartenant à M. N. LARBAUD pharmacien à Vichy.

» Les travaux de captage sont exécutés depuis longtemps déjà, et ils sont parvenus à établir les tubes à 7 mètres environ de profondeur, sur une roche calcaire, d'où émerge directement l'eau minérale pure par deux griffons : l'eau qu'ils débitent, en jaillissant à un mètre au-dessus du sol, donne, avec celle d'un puits voisin foré, fournissant la même eau minérale (quoique un peu plus ferrugineuse seulement), un produit de 9,600 litres à peu près par vingt-quatre heures. Cette eau minérale, qui coule dans des vasques en pierre de taille élégante, placées dans le jardin de l'Etablissement, marque 10°, 5 ; elle est limpide, très-gazeuse, et dépose sur son parcours un produit rouge, ocracé, assez abondant. Aujourd'hui, les sources sont dans les meilleures conditions pour leur exploitation médicale.

» Comme l'avait déjà reconnu M. Bouquet dans un mémoire publié en 1860, qui vient faire suite à son beau travail d'ensemble sur les eaux du bassin de Vichy, l'eau obtenue maintenant très-pure a donné à l'analyse une supériorité réelle en acide carbonique et en sels minéralisateurs sur la première analyse, faite en 1855 à Paris. C'est cette eau qui, puisée avec tous les soins possibles et expédiée convenablement, a fourni par l'analyse la composition suivante établie sur 1,000 grammes de liquide, savoir :

Acide carbonique libre.	1	485
Bicarbonate de soude	4	820
— de potasse.	0	330
— de chaux	0	690
— de magnésie.	0	268
— de lithine		indiquée
— de strontiane.		indiqué
— de protoxyde de fer (avec manganèse	0	010
Sulfate de soude (calculé anhydre). . .	0	042
Chlorure de sodium.	0	550
Silicate alcalin	0	060
Iodure		indices
Borate, phosphate.		indiqués
Principe arsenical (arséniate alcalin). .		sensible
Matière organique de nature bitumineuse		indiquée
	8	255

» L'Eau qui nous occupe se débite à Vichy sous le nom d'Eau de Vichy, *Source Saint-Yorre*, comme celle d'Hauterive, *dite Eau de Vichy (Source d'Hauterive)*, et elle vient prendre sa place à côté des autres sources de cette localité ; elle est très-riche en acide carbonique, en bicarbonates alcalins, et contient aussi tous les autres éléments minéralisateurs. *L'absence presque complète des sulfates* que nous avons reconnue dans les échantillons expédiés récemment, *présentera un avantage pour la conservation de l'eau en bouteilles, celui de ne pas* se sulfurer, ainsi que cela arrive souvent aux autres eaux de Vichy, lorsqu'il se trouve dans les verres quelques matières organiques en contact avec elles.

» Cette Eau est donc, nous le répétons, dans les meilleures conditions pour être exploitée comme Eau minérale naturelle ; aussi nous n'hésitons pas à vous proposer, Messieurs, de répondre à M. le Ministre qu'IL Y A LIEU DE CONFIRMER L'AUTORISATION DÉJA DONNÉE EN 1855, D'EXPLOITER LA SOURCE NATURELLE DE SAINT-YORRE, et d'accorder, en outre, celle d'exploiter l'eau fournie par le puits foré voisin, qui offre, on peut le dire, la même composition chimique, et dont le produit vient s'ajouter à celui de la première.

» Lu et adopté en séance, le 23 avril 1861. »

RAPPORT (1)

Fait à l'Académie de médecine par M. O. Henri sur la Source dite Larbaud

Sur la limite de la commune de Vichy, qui touche celle de Saint-Amand « et au bas de la route de Saint-Yorre, » on aperçoit un petit pavillon qui renferme une source minérale jaillissante découverte depuis deux ou trois années.

Cette source, obtenue par un forage que l'autorité a permis, est sans contredit par sa nature, son volume et sa minéralisation, digne d'attirer l'attention d'une manière spéciale. Captée *aussi convenablement qu'on peut le désirer*, elle sourd d'une profondeur de 110 mètres environ par un tube de fonte qui plonge dans la nappe originelle et qui, bétonné et cimenté en dehors dans une grande étendue et de la manière la plus rationnelle, s'oppose à toutes fuites ou infiltrations extérieures ; il protége aussi l'eau de son action sur les couches diverses marneuses, calcaires, etc., qu'elle pourrait traverser en arrivant au jour. Le tube s'élève au-dessus du sol de 4 mètres à peu près, il est ouvert à sa partie supérieure, et en bas il porte un robinet. L'eau sort avec une température moyenne de 15 degrés ; elle est d'une limpidité parfaite, mais exposée quelque temps

---

(1) NOTA ESSENTIEL : En transcrivant ce rapport officiel dans la brochure éditée par l'imprimerie Jourdain, M. Larbaud-Labry en a SUPPRIMÉ tout ce qui gênait ses projets, et il y a même ajouté, de son chef, ce qui lui a paru de nature à les favoriser. Ainsi voulant substituer sa source à celle de St-Yorre, il a effacé, avec soin, tous les passages où il est question de ST-YORRE. Il a supprimé les passages où il est dit que sa source a L'ODEUR DU PÉTROLE, qu'elle a une TEMPÉRATURE MOYENNE ; mais ce qu'il y a de plus fort c'est qu'il fait dire au rapporteur de l'Académie deux faussetés à savoir que sa source « EST A PEU DE DISTANCE DE LA SOURCE DES CÉLESTINS, » ajoutant ensuite : « LA SOURCE LARBAUD ET A PEU PRÈS IDENTIQUE A CETTE DERNIÈRE. »

Dans le texte vrai de ce rapport que je transcris ici, je mets ENTRE GUILLEMETS, les parties retranchées par M. Larbaud-Labry.

à l'air ou surtout à la chaleur, elle se trouble en blanc jaunâtre ocracé. Elle est très riche en *gaz carbonique*, en *fer* et en *bicarbonates alcalins*. Elle accuse d'ailleurs, à l'analyse qualitative, tous les principes minéralisateurs qu'on reconnaît dans les sources de Vichy, de Cusset, de « Saint-Yorre » et d'Hauterive. Elle exhale une odeur sulfureuse prononcée, comme plusieurs sources de Vichy, mais d'une manière éphémère pourtant, car l'eau expédiée en bouteille n'en recèle plus de traces. Une particularité que présente l'eau minérale qui nous occupe, c'est de fournir un grande quantité de gaz carbonique libre, qui s'en échappe à la sortie du robinet, et qui de dix en dix minutes à peu près fait une sorte de pression sur la nappe aqueuse et la fait jaillir à plus de 6 mètres quelquefois et en une gerbe d'un très bel effet.

L'eau de la source Larbaud-aîné se trouve ainsi saturée de gaz ; « elle exhale en même temps une odeur un peu analogue à celle du pétrole. » Dans l'état ordinaire, c'est-à-dire après chaque projection de liquide, la nappe monte dans le tube à 1 mètre et 1/2 environ au-dessous du sol. (Il faut mentionner que la source tubée est située à une certaine hauteur au-dessus de la rivière de l'Allier et de la partie basse de Vichy) (1).

Le propriétaire de cette source a pensé qu'en raison de la minéralisation de l'eau et du débit qu'elle fournit assez abondamment (30,000 litres par vingt-quatre heures), cette eau pourrait offrir des avantages à la médecine. Il a, en conséquence, adressé à l'autorité une demande, afin d'être autorisé à exploiter l'eau de cette source *comme eau minérale*, se fondant d'ailleurs sur l'avis des ingénieurs du département, qui indique d'une manière précise que le *forage ne paraît pas pouvoir exercer une influence sensible sur les sources de l'établissement thermal de Vichy.* (2) La demande de M. Larbaud aîné a motivé la lettre ministérielle en date du 29 juin dernier dans laquelle l'Académie est invitée à donner son avis sur l'opportunité de la question, après analyse faite des échantillons de l'eau de ladite source, expédiés en bonne forme, et où l'avis de MM. les ingénieurs est rappelé. Pour donner plus de confiance à l'analyse, le propriétaire a prié votre rapporteur de venir analyser, en grande partie sur place, l'eau de la source objet de ce rapport, afin de puiser lui-même ou préparer là tout ce qui pouvait servir au travail demandé.

---

(1) Et M. Larbaud aîné ajoute « A PEU DE DISTANCE DE LA SOURCE DES CÉLESTINS. La source Larbaud est A PEU PRÈS IDENTIQUE A CETTE DERNIÈRE. » Deux faussetés ; la source des Célestins et à 13 ou 1,400 mètres de distance, et de toutes les sources du bassin de Vichy c'est la source dite Larbaud qui diffère le plus de la source des Célestins, tant par son origine que par sa température, sa composition et ses propriétés médicales.

(2) Ce qui contredit les publications de M Larbaud-Labry dit Larbaud aîné, prétendant que c'est par suite du forage de sa source que l'ancienne source des Célestins a disparu afin de faire croire à l'identité de ces deux sources si différentes.   N. L.

Voici les résultats que nous avons obtenus, et que l'on a rapportés par le calculs à un poids de 1,000 grammes, savoir :

« *Source, à température moyenne, 15 degrés.* »

Acide carbonique libre.	1,320
Bicarbonate de soude	4,880
— de potasse.	0,220
—. de chaux	0,238
— de magnésie.	0,130
— de lithine	sensible
— de protoxyde de fer. . . .	0,023
— de manganèse	traces légères
Sulfate de soude	
— de chaux	0,100
Chlorure de sodium	
— de calcium.	0,300
Azotate	ind. légers
Iodure et bromure.	sensibles
Arséniate	id.
Phosphate	id.
Matière organique.	
Acide silicique et silicates	0,060
	7,263

L'eau de la source de M. Larbaud aîné est donc riche en principes minéralisateurs; on y reconnaît une forte proportion d'*acide carbonique* libre, de *bicarbonates alcalins* et de *protoxyde de fer*, dont la majeure partie reste en solution dans l'eau expédiée. La quantité d'acide carbonique que fournit cette eau expédiée dans de bonnes conditions est aussi presque la même que celle fournie par l'eau essayée à la source.

Dans ces conditions, nous croyons qu'il y a lieu d'autoriser l'exploitation de la source de M. Larbaud aîné, qui viendra apporter son contingent aux exigences du service général de Vichy, où chaque année le nombre des buveurs et des baigneurs tend à s'accroître de plus en plus.

Cette eau, en effet, répétons-le, est parfaitement minéralisée; elle est d'un débit abondant. Expédiée ou non, elle est riche en acide carbonique, en bicarbonates alcalins, en fer, et contient, comme les autres sources, des *iodure, bromure,* de l'*arsenic*; enfin l'existence de la source qui la fournit ne paraît, d'après l'avis des ingénieurs du département, mentionné dans la lettre ministérielle, *avoir aucune influence fâcheuse* sur les sources de l'État.

Nous croyons en conséquence, messieurs, pouvoir vous proposer de répondre à M. le ministre que rien ne s'oppose à ce que l'autorisation d'exploiter la source en question *au point de vue médical* soit accordée à son propriétaire.

— Les conclusions de ce rapport sont mises aux voix et

adoptées par l'Académie, en séance publique du 15 novembre 1859.

~~~~

Nécessité, dans l'intérêt public, que chaque source à Vichy soit désignée par un nom particulier qui la fasse distinguer des autres sources ; — Arrêté préfectoral pris dans ce but contre MM. Larbaud et Mercier confiseurs, et maintenu par le Conseil d'Etat.

Ainsi que je l'ai déjà prouvé bien des fois, M. Larbaud-Labry n'a jamais songé à faire à sa source une clientèle qui lui appartînt ; son unique préoccupation a toujours été de prendre celle des autres, tronquant et falsifiant au besoin, dans ce but, le texte des auteurs et notamment un rapport officiel de l'Académie de Médecine. Il avait même, dans l'origine, couvert le pignon de sa maison du boulevard des Célestins d'inscriptions tendant à faire croire que c'était là que se trouvaient sinon la source des Célestins, du moins ses magasins d'emballage et ses bureaux de vente. Il n'a fallu rien moins qu'un Arrêt de la Cour impériale de Riom pour lui faire comprendre que cela n'était point permis.

En même temps et toujours pour réprimer les mêmes tendances, l'Administration dut elle-même intervenir :

Le 4 février 1862, M. le préfet de l'Allier informé que MM. Larbaud-Labry et Mercier, confiseurs à Vichy, livraient au public l'eau de leur source dont l'exploitation venait d'être autorisée, sous le couvert d'une capsule portant : *Vichy eau minérale naturelle* prit un arrêté pour leur enjoindre de remplacer ces mots par ceux-ci : *Vichy, source Larbaud et Mercier*.

Le 11 février, même mois, M. le Ministre de l'agriculture et du commerce, confirmait le susdit arrêté.

MM. Larbaud-Labry et Mercier déférèrent au Conseil d'Etat, comme entachées d'excès de pouvoir, ces deux décisions.

M. le Ministre en réponse à la requête des demandeurs avait répondu « que chaque source avait des propriétés particulières dont la science indique l'emploi pour telle ou telle affection et qu'il est d'un grand intérêt pour les médecins et pour les malades que les différentes sources ne soient pas confondues, surtout, dans une localité qui, comme à Vichy, en renferme un grand nombre. M. le Ministre pense que lorsqu'un inconvénient de cette nature vient à se révéler, c'est à l'Administration investie par la loi de statuer sur les demandes d'autorisation d'exploitation qu'il appartient d'y remédier en prenant les mesures les plus propres à faire cesser toute confusion. M. le préfet a donc agi dans une pensée d'intérêt public. La mesure était d'autant plus nécessaire que la forme des bouteilles employées par MM. Larbaud et Mercier est entièrement semblable à celle des bouteilles provenant des sources affermées par l'Etat. L'Arrêté qui autorise l'exploitation a été rendu en faveur des sieurs Larbaud et Mercier sur une demande collective. »

Par décret impérial en date du 26 décembre 1862, « le « Conseil d'Etat, considérant que le préfet de l'Allier en ordon- « nant aux sieurs Larbaud et Mercier de substituer sur les « capsules des bouteilles d'eau minérale par eux délivrées au « public les mots : VICHY, SOURCE LARBAUD ET MERCIER, aux « mots : VICHY, EAU MINÉRALE NATURELLE, a entendu agir « dans l'exercice des attributions de police qui ont été conférées « à l'administration par les lois et règlements, a rejeté la « requête des sieurs Larbaud et Mercier. »

C'est donc sous le nom de source Larbaud et Mercier que les fermiers de cette source auraient dû livrer son eau à la consommation des malades, et si la Compagnie de Vichy qui avait *provoqué cette mesure,* n'en n'a pas poursuivi, plus tard l'exécution, c'est qu'elle était alors devenue intéressée à la concurrence qui m'était faite. Cette concurrence avait le double avantage pour elle de diminuer ma clientèle et, surtout, de déconsidérer la source St-Yorre qu'elle redoutait beaucoup plus en raison de sa température *(la plus froide de toutes les sources de Vichy)* que celle que pouvait lui faire *la source tiède* des sieurs Larbaud-Labry et Mercier. Aussi ne serais-je pas surpris que cette Compagnie cherchât à maintenir et à favoriser entre nos deux exploitations cette confusion qui lui a été si profitable jusqu'à présent. Mais que la Compagnie de Vichy le sache bien : toutes ses manœuvres ne me décourage-ront pas, aujourd'hui moins que jamais, quelle que soit la puissance de ses protecteurs ; sur ce terrain, comme jadis sur celui de l'exploitation de ma source de St-Yorre, qu'elle voulait supprimer, comme aujourd'hui sur celui de la source Prunelle, et de son exploitation sous toutes les formes, et principalement pour l'alimentation d'un grand établissement de bains à dés prix raisonnables, elle me trouvera toujours prêt à la lutte, et je saurais la forcer elle et ses protecteurs à respecter mes droits qui se sont toujours confondus, et qui se confondent aujourd'hui si manifestement avec ceux de tous ces malades qui affluent, chaque année de plus en plus nombreux à Vichy, et sur lesquels pèsent depuis trop longtemps ses injustes prétentions au monopole.

Quant aux sieur Larbaud aîné, quoiqu'il fasse, et quoiqu'on fasse pour lui, il reprendra son nom de Larbaud-Labry et sa qualité de confiseur qu'il n'a délaissés, que pour faire confondre ma maison avec la sienne, et s'emparer de ma clientèle en avilissant les prix de vente. Il donnera à sa source le nom de source des Longues-Vignes qu'elle portait primitivement, et à laquelle le nom de source Larbaud a été frauduleusement substitué, et ce sera justice.

N. LARBAUD

Propriétaire des sources Prunelle et Saint-Yorre,
pharmacien de 1re classe et membre du Conseil
d'arrondissement de Lapalisse.

Vichy, le 15 mai 1875.

NOTA ESSENTIEL. — Communication de ce mémoire avec pièces à l'appui, est donnée à MM. Larbaud-Labry et Mercier confiseurs à Vichy, avec sommation de rentrer, sans plus tarder dans la légalité, faute de quoi, et le délai moral qui leur est, imparti étant passé, ils y seront contraints par toutes les voies de droit, eux et tous ceux qui, sciemment, prêteront leur concours à la concurrence déloyale qui est reprochée aux susdits.

N. L.

Vichy. — C. Bougarel, imprimeur, rue Lucas.

TABLEAU COMPARATIF OFFICIEL

*De la richesse minérale des cinq Sources mi-
nérales naturelles du bassin de Vichy, et de
leur température, dressé par ordre de l'Administration, par M. BOUQUET, chimiste de
l'École nationale des Mines.*

DÉNOMINATION DES SOURCES	St-Yorre	Anciens Célestins	Ancien Lucas	Hôpital	Gr-Grille
Acide carbonique libre . .	1,349	1,049	1,751	1,067	0,998
Bicarbonate de soude . .	4,838	5,103	5,004	5,029	4,883
— de potasse. . .	0,337	0,315	0,282	0,440	0,352
— de magnésie . .	0,274	0,328	0,275	0,200	0,308
— de strontiane . .	0,007	0,005	0,005	0,005	0,303
— de chaux . . .	0,683	0,462	0,545	0,570	0,434
— de protoxyde de fer.	0,010	0,004	0,004	0,004	0,004
— id. de manganèse	traces	traces	traces	traces	traces
Sulfate de potasse . .	0,280	0,291	0,291	0,291	0,291
Phosphate de soude . .	traces	0,091	0,070	0,046	0,130
Arséniate de soude . .	0,002	0,002	0,002	0,002	0,002
Borate de soude . .	traces	traces	traces	traces	traces
Chlorure de sodium . .	0,583	0,534	0,518	0,5·8	0,534
Silice.	0,035	0,060	0,050	0,050	0,070
Matière organ. bitumineuse	traces	traces	traces	traces	traces
Totaux. . .	8,570	8,224	8,797	8,222	7,914
TEMPÉRATURE.	10o,5	14o,3	29o,	30o,8	41, 8

DES EAUX DE VICHY CHEZ SOI

Toutes les Sources minérales naturelles du bassin de Vichy ont
une origine, et par suite, des propriétés médicales communes.
« Leur identité de composition, dit M. Bouquet, ne laisse pas
de doute à cet égard. » (Voir le tableau ci-contre). De ces
sources, les unes sont chaudes, comme la Grande-Grille et
l'Hôpital, ou tièdes, et les autres sont froides, comme les
Célestins et Saint-Yorre; les premières sont préférables pour
la consommation sur place; mais les sources froides sont infiniment supérieures pour la consommation à domicile contre les maladies du foie, de l'estomac et des reins, la
goutte, la gravelle, le diabète et l'albuminurie. Aussi,
l'un des Auteurs les plus autorisés en pareille matière, d'ac-
cord avec tous les Hydrologistes, n'a pas hésité à formuler
ainsi son opinion :

« L'Eau de la Source de Saint-Yorre est employée en boisson; elle est la plus froide, la plus chargée en principes
minéralisateurs, la plus gazeuse et la moins altérable
par le transport de toutes les sources de Vichy. C'est
elle qui est dans les meilleures conditions pour suppor-
ter facilement le transport. » (Dr ARMAND ROTUREAU,
HISTOIRE DES PRINCIPALES EAUX MINÉRALES DE L'EUROPE, page
370).

SOURCE SAINT-YORRE

Exiger cette vignette sur les étiquettes des bouteilles.

Exiger cette vignette sur les étiquettes des bouteilles.

Propriété de N. LARBAUD-SAINT-YORRE

EAU MINÉRALE
DE VICHY
SOURCE St-YORRE

(PROPRIÉTÉ DE M. N. LARBAUD SAINT-YORRE)
Exploitée sous le Contrôle de l'Etat.

Cette source ÉTANT LA PLUS FROIDE (10° 50) comme chacun peut le constater, est, conséquemment, LA PLUS GAZEUSE ET LA MOINS ALTÉRABLE par le transport de toutes les Sources minérales naturelles ou artésiennes du bassin de Vichy. Elle remplace très-avantageusement, POUR LA CONSOMMATION A DOMICILE, l'eau de l'Hôpital, de la Grande-Grille, d'Hauterive et les divers Célestins contre les maladies du *foie*, de l'*estomac* et des *reins*, le *diabète*, le *catarrhe vésical*, la *gravelle* et la *goutte*. C'est l'opinion de tous les Médecins qui ont écrit sur l'emploi des eaux de Vichy chez soi.

SELS NATURELS DE VICHY
POUR BOISSON ET POUR BAINS

PASTILLES HYDRO-MINÉRALES DE VICHY

Les seules contenant tous les Sels naturels extraits des Eaux minérales de Vichy par les procédés brevetés le 31 mars 1853.

Pour éviter toute confusion en raison *d'une similitude de nom habilement exploitée,*

ADRESSER LES COMMANDES EXCLUSIVEMENT
à M. **N. LARBAUD St-YORRE**, Pharmacien,

PAVILLON PRUNELLE, PLACE LUCAS
EN FACE L'HOPITAL MILITAIRE, A VICHY

Dépôt dans les pharmacies principales et chez les marchands d'Eaux minérales naturelles de France et de l'Etranger.

NOTA ESSENTIEL : Exiger sur la Capsule qui scelle *la bouteille* les noms: VICHY et St-YORRE, et sur *l'étiquette* la vignette ci-contre, sinon il y aurait substitution et, par suite, déception, l'eau substituée n'ayant ni la même origine, ni la même composition, ni la même température et ni les mêmes propriétés.

www.ingramcontent.com/pod-product-compliance
Lightning Source LLC
Chambersburg PA
CBHW060911180626
46818CB00004B/1915